中国诗人

柴立政
—著—

JIANG●
匠
SHENG●
生
HUO●
活

北方联合出版传媒（集团）股份有限公司
春风文艺出版社
·沈阳·

图书在版编目（CIP）数据

匠生活 / 柴立政著. —沈阳：春风文艺出版社，2018.1（2021.1重印）
（中国诗人）
ISBN 978-7-5313-5352-2

Ⅰ.①匠… Ⅱ.①柴… Ⅲ.①诗集—中国—当代 Ⅳ.①I227

中国版本图书馆CIP数据核字（2017）第313049号

北方联合出版传媒（集团）股份有限公司
春风文艺出版社出版发行
http://www.chunfengwenyi.com
沈阳市和平区十一纬路25号　邮编：110003
永清县晔盛亚胶印有限公司印刷

责任编辑：张玉虹	责任校对：陈　杰
装帧设计：琥珀视觉	幅面尺寸：125mm × 195mm
印　　张：8	字　　数：150千字
版　　次：2018年1月第1版	印　　次：2021年1月第2次
书　　号：ISBN 978-7-5313-5352-2	
定　　价：49.00元	

版权专有　侵权必究　举报电话：024-23284391
如有质量问题，请拨打电话：024-23284384

总　序

中国是诗的国度。千百年来，人们沐浴在诗歌传统中，传诵着一代又一代诗人写就的经典之作。而伴随着现代社会和互联网的发展，信息的传播和接受更加便捷，诗歌的阅读与创作方式也在潜移默化中被改变，在信息量无限扩大的互联网世界，远离喧嚣、静赏诗意显得尤为珍贵。

中国诗歌网正是在这样的背景下应运而生。作为国家重点文化工程，中国诗歌网以建立"诗人家园，诗歌高地"为宗旨，迅速成为目前国内也是世界诗歌类互联网专业出版平台和中国诗坛最具权威性和影响力的文学阵地之一。

互联网时代诗歌创作的便捷激发了一大批诗歌爱好者与诗人的创作热情，他们在公交车上写诗，在工作间隙写诗，他们创作的诗歌作品贴近现实与生活，在追求好诗的道路上不断前进。春风文艺出版社有着久远的诗歌出版史，《朦胧诗选》和《汪国真诗词精选》曾一度畅销。近两年，春风文艺出版社一直致力于打造优质诗歌的品牌。本着推介中国当代诗人的原则，中国诗歌网与春风文艺出版社决定联合推荐出版"中国诗人"诗丛，共同打造"中国诗人"这一诗歌新品牌。该诗丛计划出版百部优秀诗集，在注重诗歌质量的同时，力求结合互联网与传统出版的优势，通过直观的文本呈现向读者介绍一批热爱诗歌、坚持诗歌创作的诗人，以期汇集中国当代诗歌优秀成果，展示当代诗人的创作实绩与创作风貌。

作为国家文化工程的中国诗歌网，推出"中国诗人"诗丛，也是在整个民族复兴的伟大进程中展示中国人崭新的精神风貌。因此，我们在百花齐放的诗坛，特别关注有家国情怀的厚重力作，提倡来自生活的独特发现，鼓励创新探索的艺术精品，推崇高雅纯真的诗情意趣。我们希望这套"中国诗人"丛书是体现诗坛正能量，能够引人向上、向善、向美的诗歌佳作。

我们满怀期待，我们也真诚希望广大诗人和诗歌爱好者关注这套诗丛，与诗同在，我们为此感到自豪和幸福。我们期待更多的诗人加入我们这套丛书，我们也期待这套丛书走进更多读者的心田！

叶延滨
2017 年中秋前夕于北京

序

在张北写诗的诗人

位于北京西北方向二百公里开外的张北县,历史上曾经辉煌地成为元中都所在地。如今,那里仍然有元中都遗址留存。这或许是张北县引以为傲的一页吧。当然,除了历史人文景观,张北的自然风光也有可圈可点之处,比如著名的中都草原——距离北京最近、纬度最低的天然草原,就吸引着北京及周边的大量游客前往避暑观光。不过对我来说,张北最吸引我的也许还不是这些。我知道张北并不时会想起它,一个重要原因在于那里生活着我的一位写诗的兄弟,他叫柴立政。

说起柴立政写诗,那可是有些年头了。早在20世纪80年代,他就加入了诗人的队伍。他早年的诗偏于写实,很有生活气息。比如他写于1990年的一首叫作《小镇》的诗:

小镇的街窄窄的
小镇的人熙熙攘攘的
小镇的风被叫卖声吆喝柔了
小镇的太阳被叫卖声吆喝热了

那四处的吆喝叫卖声
在小镇的一方天地间挤挤的
挤着村姑卖鸡蛋那嗓音羞羞的
挤着愣头青卖鲤鱼那底气足足的
挤着半截老汉卖豆腐那喊声哑哑的
挤着南边的侉子卖五香料那歌声甜甜的
挤着，碰着，撞着
这沉甸甸的声音满足了人情
谷雨刚过　塞外坝上
就被早早地喊出一片绿来

这首不长的诗，质朴、简洁而富于表现力。它抓取了一些典型的集市场景并运用排比句式，一下子就勾勒和绘制出了具有浓厚地域风情的北方小镇生活画卷，也有着鲜明的时代气息。类似的作品还有一些，它们显示了作者对生活的敏锐感受力和良好的诗意转化能力。从中也可以看出柴立政的写作路子是比较正的。他当年的写作，还得到了《诗刊》老一辈编辑家如朱先树、王燕生等人的肯定和指导，也很快取得了一些在报刊上发表作品的成果。那是一个诗歌比较兴盛的时代，有各种各样的新潮、时尚或实验性写作在诗坛标新立异、各领风骚。但立政并不盲目跟风。如果是他没有真正悟透并真心接受的方式，他是断然不会采用的。20世纪90年代中期新诗潮渐渐退潮后，柴立政的诗歌写作也暂时消歇。他又开始忙工作和一些比较实际的事情，在仕途上也有了明显的进步和发展。

但诗歌写作，就像是撒在一些人血液里的种子，遇到合适的时机就会再度萌发生长出来。柴立政也是这样的人。大约在中断诗歌写作近十年之后的新世纪初，柴立政又亮起了他的嗓子，仍然一往情深地歌唱他生活的故土：

一场风　一阵雨
湿润中听草的呼吸
坝上草原一下子展开了绿

放牧汉子抽鞭响在空中
跑过一团团唱歌的白云

(《坝上草原》)

诗中描绘的风景像是一幅淡淡的素描,抑或是清新的水墨画。可以看出,作者仍然在一定程度上延续着他以往的风格。但同时,诗人也在深化着自己,寻求新的超越,并为此付出了切实的努力。比如他的一首《心走在草原上》的诗:

今年滩上的草长得真好。放眼望去
绿汪汪的,那么赏心悦目
一坡坡,一梁梁

牛在圈里,羊也在圈里
除了翩跹的蝴蝶在微风中起舞
还有腹地深处一声接一声的鸟鸣

畅游在草海里
喧嚣的忧伤悄悄退到时间背后

相比之下，这首诗便显得比较内在，它不再沉浸和满足于对外部世界的描绘，而是开始向主体倾斜，表达外部世界在内心引起的感受。慢慢地，这种表达上的变化占了上风，它标志着作者在由传统到现代的写作之路上迈出了更大的步子。这步子是坚实的，同时也是跨越式的。请看他的一首有代表性的作品《羊的悼念》：

羊被拉进小餐馆
看见血红的眼睛和空的酒瓶
羊就听见自己的骨头在响
有些想念在草滩的日子
羊和伙伴们告别的时候
那些花伤心地哭了
羊的疼痛在阳光下一点一点晒着
寒风中谁叫了一嗓子

声音猛扑过来　扔向空旷的原野

这首写于2006年的诗，仍然写的是作者熟悉的生活，但关注点不再是草，而是草滩上的生灵——羊。然而这里的"羊"，并不是"风吹草低见牛羊"的"羊"，而是走向生命尽头的"羊"。也就是说，作者聚焦的是羊的悲剧。这首不足十行的诗，可以说蕴蓄着巨大的能量。从表达上看，它是很值得细读和阐释的。我揣测，诗人构思的着眼点，是在动脑子反复思虑之后甚至是转了几个弯以后最终确立的。比如，最开始的考虑可能是要客观呈现羊的悲剧，让血淋淋的场面说话；但作者可能又觉得这样没有能够充分表达出人的愤怒和哀悼的情绪，所以诗人第二步的调整，可能是从人的反应角度来表达对羊的命运的愤愤不平；但诗人转而又觉得，这样的表达不免有些俗套，而且正面直接的呐喊不一定就有力量；最终诗人决定完全从羊的眼睛、羊的心理、羊的感情角度来呈现这场悲剧。实践证明，这样的表达最冷静、最节制，因而最有力量。结尾一行"声音猛扑过来　扔向空旷的原野"也非常耐人寻味：这"声音"是谁的？让人掩卷遐思。在具体手法上，此诗还成功运用了通感笔法。另外，这首诗的叙述还具有明显的复调效果。这些都是值得称道的亮点。总之，这是一首颇具现代性和形式意味的好诗，可以看作是诗人的一首代表作。诗人之前由新华出版社出版的诗集《羊的悼念》即以此诗作为书名，可见诗人的自信。

以上我简要回顾了柴立政的写作历程，并结合诗集

《羊的悼念》中的一些作品,对柴立政的诗歌做了一番述评,希望对读者了解和认识柴立政有所帮助。现在,柴立政的一部新的诗集《匠生活》又展现在我们面前,可喜可贺!

从这部新的诗集看,柴立政的诗歌写作仍然在交叉使用着"传统的"和"现代的"两种笔法,并逐渐以现代性笔法为主。这部集子里的作品,更加丰富多样,不乏让人眼睛一亮的精彩力作。接下来我们就来欣赏几首。先看一首《写到草原》,因为作者时不时地就写到他生活的草原:

草连草,涌向天边
而涌上心头的还有酒
奔马驰骋 辽阔情怀
有苍鹰,飞旋于蓝天

其实,很多时候
鹰或许是想象出来的
抬头仰望天空,而空中的风
总在抖动无形或有形的翅羽

寥寥几笔，简洁而空灵，诗的画面、思想和意味都在其中了。又如《幸而》一诗：

幸而，我在这个年纪还有一个
健康的身体，成为生活的资本

幸而有几个文友，闲聊些铁肩道义
有几个酒友，偶尔把盏小酌
幸而还有一两个知己，推心置腹
借着阳光和风，靠近花朵

有时候，我也不免同情那些
比自己岁数小的人的艰辛，以及
那些比自己岁数大的人的痛苦，尤其是
有的老者，为病魔逼迫，生命悬在半空

好时光，就是慢慢咀嚼
像一只羊，跟着一根草行走

这样的诗，真实地言说自己的生存状况及所思所想，不加粉饰，读来容易引发读者的联想。有时候，作者还以冷峻之笔撕裂人生的悲剧，比如诗集里有一首叫作《金鱼》的诗：

　　这条黄色中带些红的金鱼
　　睁着眼，在鱼缸里
　　送闭上眼的岳父出家门后
　　身上掉了两片鳞
　　鱼没什么，还是那么快乐
　　我看见水的疼痛

　　柔软中，叹息如尘
　　下午的阳光也像死了一样

　　这首诗写的是日常生活中生老病死的悲剧。值得注意的是，作者写"岳父"的离世，是通过鱼缸里的金鱼来折射的。金鱼"还是那么快乐"，而水在疼痛。再把眼睛放开一点，就看到"下午的阳光也像死了一样"。这就是现代诗的笔法：重感觉、重直觉，把事情变着法子、绕着弯子来说，而言辞又总是尽量节俭。这首诗的处理，还带有冷幽默的格调。
　　不难看出，柴立政对于诗歌的现代性，已经有了比较深刻的领悟,并在努力追求着更高的境界。而柴立政诗歌中略显传统的笔法,多体现在一些带有主旋律色彩的诗作或者歌词一类的作品中。如《国歌》《穿过梦想》,或直抒胸臆,或运用排比,使作品富有激情和节奏感,具有较强的艺术感染力。这部诗集的最后一部分,收录了作者的十多首歌词。歌词是诗的一种。柴立政的歌词,体现了他的艺术才华和风格的多面性。其中有多首歌词是歌咏草原的,可见作者对家乡草原风光的深厚情感。我们不妨完整地欣赏一首:

双眸似烛穿透爱的情怀
时光里却燃烧着无奈
夜晚琴弦切切如私语
叙述着细雨缠绵之外
可心女孩
在寂寞中等待

泪水疲倦表达曾经徘徊
怅惘中活出怎样精彩
打开心田装满了明月
从此季节里暗淡不再

可心女孩
不要默默离开

（《可心女孩》）

这首名为《可心女孩》的歌词，选取的是爱情题材。印象中，著名歌星刘德华曾经演唱过一首表达对女孩的感情的歌，挺动人的。与之相比，柴立政这首歌词也是别有情趣和韵致。希望能够遇上合适的歌手，把柴立政这首歌更大范围地传唱开来。

最后，祝诗人柴立政以智慧之思和灵动之笔，催开更多诗的花朵！

是为序。

杨志学

2017年7月9日于北京团结湖

目 录
CONTENTS

穿过梦想

纪念	/3
乌鸦	/5
偶遇	/6
一片树叶	/7
阅读特朗斯特罗姆	/8
元中都遗址辞（组诗）	/9
对弈	/14
记得	/15
我是	/16
删除	/17
坝上五月	/18
穿过梦想（组诗）	/19
黑面具	/23
碎片	/24

目 录
CONTENTS

城市的脚步带起宽阔的奥林匹克风 / 25
我开始接受 / 28
献祭 / 29
云顶随笔（组诗） / 30
城之地标（组诗） / 34
劈词取暖（组诗） / 38
云南记（组诗） / 40
湘游三章（组诗） / 47
左手生风右手藏雨 / 50
与阳光交谈 / 52
亲近一座城市 / 54
幸而 / 56
旅行 / 57

匠生活

金鱼 / 61

目 录
CONTENTS

祭奠	/ 62
那只蛾子被挤死在一部书里	/ 63
这些风	/ 64
曾祖父	/ 65
西大淖村	/ 66
姥姥	/ 67
漫步	/ 68
传奇	/ 69
又梦见老高	/ 70
深秋	/ 71
自己看见了自己	/ 72
写给先生(组诗)	/ 73
匠生活(组诗)	/ 76
一只飞虫	/ 85
鬼天气	/ 86
曹军之死	/ 87
多余的话	/ 88

目 录
CONTENTS

十年祭	/89
小寒	/90
写到草原	/91
叫不上名字的树	/92
忆故人	/93
那时候	/94
抵押	/95
写给余秀华	/97
属相隐	/99
羊之鞋	/100
生活志	/102
给自己一个交代	/103
雪帖（组诗）	/104
写给母亲	/108
伤心在其慢慢回头的那一刻	/110
一个人的离去引起这般汹涌的庸常	/112
好好感谢一下风	/113

目 录
CONTENTS

谁在那儿	/ 115
这雪花	/ 116
阳光照亮了村庄	/ 117
秋天的姿势	/ 119

花影里的疼

新月	/ 123
宫殿	/ 124
内心深处	/ 125
花影里的疼（组诗）	/ 126
童话	/ 135
伤逝	/ 136
流年	/ 137
跟着	/ 138
致梦	/ 139
初冬	/ 140
守住风声	/ 141

目　录
CONTENTS

纠缠	/142
听到	/143
杜鹃	/144
邻人嫁女	/145
春风面	/146
哪朵云里有雨	/147
新年辞	/148
惊蛰叹	/149
忘却	/150
桃花赞	/151
白云赋	/152
沉香引	/153
欢乐曲	/154
与妻书	/155
寄语	/156
雎鸠诗	/157
水珠吟	/158
秋风错	/159

目　录
CONTENTS

重阳句	/ 161
霜降行	/ 162
借一张白纸忏悔	/ 163
距离	/ 165
为一朵花接风	/ 166
写在北京	/ 167
藏香	/ 168

分裂的三角枫

分裂的三角枫（组诗）	/ 171

冰燃烧

那些	/ 201
可心女孩	/ 203
匆匆脚步走过了爱	/ 204
种下春天	/ 205

目　录
CONTENTS

走草原	/ 206
一起看星星	/ 208
草原天路	/ 210
倾听风雨	/ 212
拥挤	/ 214
走进草原天路	/ 216
草原天路美	/ 217
一起来打马去远方	/ 219
温暖	/ 220
冰燃烧	/ 222
有一条草原天路，有一片绿色草海	/ 224
给你一首歌	/ 225
跋	/ 227

穿过梦想

纪　念

在人生最要紧的那几步
你把一种精神
融进了人们的日子里

你领略了无限险峰的风光后
就在重要的隘口之处
竖起了斩钉截铁的忠告

这其间曾有较量的沉痛
于是人们用那双穿过草鞋的脚
重新丈量新长征的路程

一颗不锈的螺钉和那株朴素的泡桐
是你雄浑磅礴的诗词中
最鲜亮最动人的细节

我们伤过痛过
收割疯长的心事

静下心来阅读你的脊梁

写于1993年9月9日

乌 鸦

喜欢站在光秃秃的枝杈上。凝望
喜欢站在黄昏里。被风吹着翅膀

影子掉进时光的缝隙后
就扯一块比身子更黑的夜色,披上

写于2013年7月10日

偶　遇

天灰白得均匀，如同
学填一首词的规矩，呆板
一只鸟，没有带自己的影子
在南山公园路上，觅食
我是不经意看到的
目光，居然停歇下来
鸟，时而啄着，时而张望
风滑过了脸，多少有些凉丝丝的
这只鸟，就斜了一下身子
羽毛也乱了，像词中险韵
不远处，一辆皮卡车驶过
心跟着时间紧了刹那
鸟霎时跃过，随后展开翅膀
旋了一个弧，又同先前一样
与鸟再见时，我又多看了一眼
不知道鸟，此刻是否瞅见了我

写于2013年10月6日

一片树叶

一片树叶,自从离开树之后
就遭到一次又一次风的袭扰

此刻,它多想遇见一只羊
将自己吃掉,咀嚼出阳光的味道

要不让庄户人把自己
捎回家,与麦秸一起塞进灶火

可这些都没有发生
现在这片树叶孤单、痛苦

嚓。脚急匆匆地从身上踩过
随风一吹,碎末便无影无踪了

写于2013年11月2日

阅读特朗斯特罗姆

因为他是个诗人。也因为他
获得诺贝尔文学奖。他出生在瑞典
我陷入他的意境和语言中
不能自拔的焦虑。震撼之余
静止得目瞪口呆

当我读到
他面对夕阳而拄着手杖的背影
记忆看见我。才明白他的一句话
"发黄的树叶,珍贵就如死海里
捞起的《圣经》"

写于2013年12月15日

元中都遗址辞（组诗）

雪　祭

雪。落在一堵
残断的土墙上。落在
西南角楼的灰砖上
落在，被钢化玻璃
罩起的城门的过道上
落在，放眼望去
正殿的台基上。落在
一只鸟飞来飞去的
翅膀上。落在
空旷而僵硬的土地上
白茫茫的，就像一块
偌大的白布，盖着一座
死寂的都城遗址
庄重的祭奠
此刻，我的灵魂
在停歇的风中

雪落在，一阵发酸的

眼睛上。泪流向下

雨　悼

透明的雨水

穿过谁的情怀

洗涤着一个盛大的

王朝。剩下的遗物

空寂的风

和黯淡的血迹

那金戈铁马

气吞万里如虎

那封狼居胥

赢得仓皇北顾

是一滴雨水里

安放的倒影

千里的蹄声

溅起闪电的光芒

只是，现在

手中的琉璃瓦

破碎的梦

随雨水流向大地

天更苍苍

野更茫茫

草　殇

干草在马槽中。喂养

野心。月光追风

马厩里。马匹闻到了草香

打起响鼻。弥漫

黑影藏进马灯。蹑手蹑脚

踩碎一地心跳

突然马棚燃起大火

噼啪作响。熊熊燃烧

喊声追着喊声

过来。顿见火光冲天

一切大乱。马四处狂奔

厮打、惨叫、挣扎

帝国的酒壶终将

支撑不住宫殿的倾倒

一座都城的灰烬下
远眺。春在萌动

听史者说

我在听,一座中都城
半部元朝史。以及相关
意料之中的与意料之外的

时间还在现代博物馆里走着
隧道。白驹过隙
一个家族黄金般。高悬天空

突然我被一阵远方的寒冷击中
黑暗处。看到了酒杯里
绽放的刀光剑影。滴落在地

沉默。生长出了罂粟花
将疯狂的石头托起
一切都已经晚了。沉重的云

怀疑自己是潜伏在窗外的偷听者
随时，拉开一弯新月
让耳朵听到一支带响的箭镝

写于2014年2月13-18日

对 弈

上午十点,阳光暖暖地蹲在
小巷口。重复昨天的时间
烤红薯的正和
修自行车的下棋
片刻窒息。片刻吵闹
慢慢拉长是无所谓的彼此
一个摊煎饼的大姐
很闲在。东瞅西望
路过扫街的人瞄一眼棋局
又踮起脚向街面上眺望

写于2014年4月3日

记　得

记得，早些时候
读到过这样的诗句
人。走着走着
就把自己走成了一缕轻烟
当时，心就
下意识地紧了一下
其实自己从出生起
就被时光点燃了
只是那伤口。有时比黑夜
更黑，有时比白天更白

写于2014年4月13日

我 是

我是，汤养宗笔下
艾青打水漂的石子多好
给平静的水，造成涟漪

可我靠着风沉默
或躲开一切
燃烧孤独的火焰

阳光。语言温暖
总是让我在一场雨后
泪流满面

写于2014年4月18日

删 除

删除夜

留下星辰

删除风

留下露珠

删除自己纸一样的皮囊

留下骨头

去敲响太阳

这面黄铜鼓

写于2014年4月21日

坝上五月

这一嗓子无拘无束的喊。阒然
块垒倏忽散去
草滩旁歇了一冬的莜麦地,倏忽
蹿出一只野兔。又惊慌消失
一群麻雀倏忽扑棱翅膀
从老杨树上飞起,枝杈便柔软了许多
那头反刍阳光的牛,仄头四望
声音倏忽推开庄户人的门窗
风,顿时停下。不知往哪个方向吹
倏忽打个旋向天空去了

这是霎时间发生的事,隐隐地
还能听见那只逃遁的野兔,怦怦心跳

写于2014年5月12日

穿过梦想（组诗）

红色元素

小的时候
我的记忆常常是红色的
犹如那山丹丹开花
红艳艳。红得透亮

红色，是窑洞的灯光
红色，是电波的声响
红色，是激烈的枪声
红色，是摇动的船桨

红了一片天
红了一片地

东方红，太阳升
解放的人民，把红色珍藏

国　歌

强有力的节拍，牢牢地
把握着我们的脚步
昂起头，以人的姿势站成雕像

有时　尽管我们走得很疲惫
但只要这声音响起
就会让我们想起含辛茹苦的母亲
我们的泪水，便禁不住闪闪发亮
浑身的骨气，从体内迸发无尽的力量

战胜敌人，永不屈服
声音发自我们每个人的胸膛

穿过梦想

穿过金黄的油菜花　穿过
迷人的青纱帐　穿过
湖面圆满皎洁的月亮
穿过林间的鸟鸣，山峦的影像

穿过激情的歌谣　穿过

河流的喧响　穿过

马群　驰骋辽阔的胸膛

穿过蚂蚁的呼吸，蝴蝶的翅膀

穿过车水马龙的大道　穿过

大道两侧的热火朝天　穿过

榆叶梅灿烂如火的记忆

穿过幸福的阳台，明净的长廊

穿过草原上空摇滚的音符　穿过

美人们的婀娜多姿　穿过

霓虹灯闪烁的光芒

穿过生机勃勃的田野　穿过梦想

阅读春光

迎春花开得如火如荼

鸟儿衔暖，一声声叫醒雨水

心被阳光紧紧地抱着

美好的季节。梦如色彩
安静地打开一本书
时光在字里行间缓缓爬行

似看见，风拉着风的手
穿过从前的那条小巷
闪亮的眼眸，向远处瞭望

渴　望

圆熟的昨天　滑落
如一只苹果在桌上
孩子欣喜地捧起

今日如此饱满，源自一粒
麦种　眷恋一方土地
生长　永不衰竭的希望

听奶奶讲故事，听到了
庄稼拔节的声音
激动得热泪盈眶

改于2014年5月27-29日

黑 面 具

阳光将我身上那部分
黑暗。拽了出来
两个我,使自己疑惑
属于真相的背后
就地生的风,便跟着
匆匆的脚步行走
医生望着片子
束手无策。只是安慰
心存芥蒂的意味
终究有些顾影自怜

写于2014年7月14日

碎 片

失明的灯关进夜里
黑，包围着脸

你总是那么出人意料
把白天玩耍成灰色的鸟

一棵树陡然生长
秋刽剧，刻落叶如书

写于2014年7月19日

城市的脚步带起宽阔的奥林匹克风

这脚步,将一座城市

和另一座城市连在一起。巨大而有力

让感受到她的人,看到高原的灯盏

无限激情。思绪飞扬

中国的北京和张家口

牵手。申办2022年冬季奥林匹克运动会

这振奋人心的足音,风驰电掣

跨过了想象的天空

这脚步,犹如顿号

将在2015年7月31日

马来西亚的吉隆坡驻足。祈盼

听一声庄严的宣布

腾起希望,是磁性的汉语

延续的蔚蓝在厚德的土地上涌动

雀跃。欢欣鼓舞

不是唯一,相信还有泪水和微笑

而后,世界又会听到

城市间富有朝气的脚步声

明亮中更明亮的城市
一同带着我们上路。雄壮的背景
奔跑的太阳，催动绚烂的花朵
从心头穿过的时候。炽热
多彩的风吹过天安门、吹过大境门
我们和春天一起，汹涌而入
昔日。栉风沐雨的山城
一双勤劳的双手，抚摸沧桑的伤痕
舒袖间飞出的鸽子
带上清爽的翅膀。站在北京身边
尽管略有些许羞涩与憨直
骨子里透出了自信，和十足的底气
这是时代给予的。血液沸腾
又一轮命运交响在身体深处撞击
绿风。绿野。绿透民族的青春
红霞。红云。红遍民族的底色
给世界两只眼睛，去端详
给自己两只眼睛，来审视
做一朵干净的雪花。闪动
飞舞成自己的姿势，婀娜、璀璨
白色的明信片，洒满阳光雨露

向世界邮寄。古老而现代的中国
北京和张家口的问候。聆听
宽阔的风里,那面五环旗帜的飘扬

写于2014年12月22日

我开始接受

就这么写,邀请月光斟满情怀
一行后不再使用标点
只是很时尚地　空格
给诗一口中气　这叫留白

要不就把句号和逗号
安放在情绪里与节奏起舞
语言。带着露水滑过时光

没有谁在这风里,没有谁不在这风里

写于2014年12月31日

献　祭

本是让夜的黄浦江的轻风
从外滩卷起。吹去旧年的俗尘
笑容给日子绽放出明亮一闪

哪承想结局如此崩溃与破碎
褶皱里突然蹿出的痛
将鲜活的生命挤进了黑暗

诗人曰：咽下泪水。向天堂献祭

写于2015年1月2日

云顶随笔（组诗）

滑 雪 者

陡峻。让赞美看到她的语言
毫无防备地滚落一地
那一挂白，是一块飞起的白毯子
音符云朵上跳跃
身后，雪舞激扬
鸟把背景升高

风将心吹起，一座山向我走来

云顶随笔

脱下自己的皮囊。聊赖之影
轻松袭来，好奇装进缆车
拽着索道就顺势而上

云顶。犹如天上雪的乐园

一种辽阔的蓝瞬间将心给融化了
最好的借口就是相互鼓舞

快乐。小幸福。接踵而来
笑声在白色中漾起，又漾起
阳光温暖。久违的好

喝一杯速溶热奶巧克力
惬意。离开更远的城市
如果抬头，会嗅到弥漫的香气

终究是要回到山脚下的
不得不穿上属于自己的皮囊
身子紧了一下，行走在尘世间

雪　屋

无意间，听到雪屋喊了一声
便朝我径自走了过来
惊愕。赶紧几步迎上去。寒暄
眼睛上下打量她那一身素白

时光退到童话里去
我像一个砍柴的樵夫
路遇白狐变的窈窕姑娘
此时,她在风雪中瑟缩一团
善良点燃了糊口的木头
暖意一点一点袭来。见粲然一笑
寒冷深处将恩报答,以身相许
站在这个隆冬季节。面对雪屋和
檐下的红灯笼。心中篝火呼呼

我与鹤与琴以及弹琴姑娘

带着一股风,推门而入
铮铮有声碰撞此时的安静

其实寂寥是池水中
铜塑之鹤与琴,以及弹琴姑娘

没有音乐响起。没有喷泉
栖息在光线里等待一次高潮

显然匆忙的自己不是主角

躲着嘈杂，此处只想歇一歇心情

写于2015年2月2-5日

城之地标（组诗）

南山公园

古石滩上的土坡，众鸟惊飞后
就被开发成南山公园
于是，就有了无中生有的无穷之门
就有了薪火传承的八根图腾柱
就有了树、有了花、有了湖、有了寺
就有了人们闲下来登高望远的燕子亭
打开思路。让行走选择
一个个常用的汉字擦着了灯火
这座城顿时就有了些许内涵
悠然见南山。寿比南山。逸事频出

四面牌楼

没有了旧城墙和壕沟。没有了烂泥四溅
矗立的牌楼自高处开始重新认识风
牌楼下。东西南北四个方向可以通行

定远路与永春街交叉穿越其中

仰起头便见"隆兴天府""燕赐福地"

便见"时和岁稔"。意味隽永

这一打扮，小城的脸就端庄起来

细心的阳光便照出了"天地人和"的温暖

元中都博物馆

意象穿透。此刻的空间

目光触摸历史的质感。墟之记忆

一个汹涌，肋骨下藏着酒与火

连同一个个钩心斗角的朝代

都浓缩于这独具匠心的博物馆内

在宏伟和残缺间寻找神祇

一枚幻方[①]、一块行什皆为镇馆之宝

忘记的都从无法忘记中获取

火铳锈蚀。瓷片光泽

所有的人能轻易看到事物的毁灭

---

① 幻方是将数字排成纵横各为若干个数的正方形，使每行、每列和对角线上的数字之和相等。幻方一般被压在殿基下，作为辟邪、防灾之物，多为石质或铁质，在古代被视为神秘之物。

风盯着一匹马以及不可停下的时间

岁月的颜色涂成盛装。心潮起伏

东洋河大桥

一桥横跨南北。巍然耸立

蜿蜒的季节河自东向西流淌

离桥不远,是小城喧腾的工业园区

上午升起的太阳。桥,光彩夺目

在河水波光粼粼时,霓虹灯

给了她柔情万种那一刻。倒影销魂

穿过桥,向城外方向蔓延

清清爽爽的风就涌了过来

葵花、油菜花、紫苜蓿花的香味就涌了过来

一望无垠的辽阔就涌了过来

音符从草尖上滚落后涌了过来

激情的篝火熊熊燃烧涌了过来

悠扬的歌,绵香的酒涌了过来

桦皮岭山上的桦树和鸟鸣涌了过来

还有冬日里叫醒的雪花,以及塞那都

滑雪场漾起的快乐与喊声涌了过来

置身于这座桥上,桥是那样的高

桥下的河,淌着许多赞美的语言

写于2015年3月24-30日

劈词取暖（组诗）

之 一

桑榆暮景。我在搬运
词，像蚂蚁
愉悦自己。快乐自己
忧伤自己。痛苦自己
潦倒的弯月
漂泊在黑黢黢的夜空
多么希望一个个词
耀眼夺目
雨天，有词如伞
风天，有词如衣
就是在那寒冷中
也能劈词取暖

之 二

词，时光里打坐

原本就没有被抚摸的想法

是人们。将词

串成颈项之珠，炫鬻

之 三

趁着酒劲儿

逼问一个个词

词，惊恐

面面相觑

知道此词

出身不是很好。含贬义

可聊多了

就不觉得这些

反而亲切起来

相见恨晚

与此同时，在其引申义里

看到了光明和勇气

写于2015年4月13-17日

云 南 记（组诗）

之 一

大鸟轰隆一阵响动落在昆明
灯火通明。影子丢在故乡
没有看见月亮和星星
几点雨有意无意间袭来
司机师傅从午夜缝隙中醒来
车行逶迤。拖着黑尾巴

此时，自己越发像一只猫
温顺地蹲坐在一角
只是眼睛里藏着莫名其妙的火

之 二

没有与暗河一起逃走
拾级攀登望峰亭。极目远眺
石林如梳翅凤凰

如静卧神龟。如伫立大象

长成青草，开成鲜花
喧闹声撞来撞去
连汗珠都被不经意间挤破
放眼寻找一只鸟
阳光下只有攒动的人头

之 三

农历三月的大理就陷入人潮中
自己的激情憋成花骨朵
可惜没能见着清凌凌的蝴蝶泉
也没能见着唱山歌的阿妹
见过的是洋人街上的新牌坊
和摩肩接踵的人群的随波逐流
只是在一个过去名人旧府宅
原谅没有记住他的尊姓字号
穿过客厅，穿过房间
穿过过道，一路喧哗。在后院
见到了两棵树，挂着春光

一棵是樱桃树。另一棵也是樱桃树

有一棵现在已经结出樱桃

另一棵据说等到六月方可挂果

眼睛不由自主地打量着这两棵树

树叶在微风中抖动着寂静

之 四

丽江古城是一张暧昧的名片

霓虹灯伤害了月夜

只想一个人坐下来喝啤酒

听那姑娘唱。将错就错

自己是游客，匆匆来。匆匆去

怕慢下的时光掩埋了自己

之 五

去香格里拉的路上。此地以前叫中甸

一侧沟壑。一侧树林

瞅几处树身上挽着白色条布

问知,这些地方曾发生过车祸
祭奠的人以这种方式安魂

当车子在野外停下时
面色黧黑的老妇人便杵在眼前
柔软处,一阵莫名的感动

伸出左手。被称大师的人端详
顾虑来不及回答,手指战栗
慧眼告诉安康。心情阳光里发芽
走上寺庙。转动世界上最大的经筒
祈福自己的家人和自己的祖国

之 六

纳帕错。森林背后的湖泊
其实这里是滇西北最大的牧场

这里蓝天和家乡的蓝天一样
那么纯粹。溢满眼窝

这里的白云和家乡的白云一样
那么圣洁。打动心田

就连那风吹过,都与家乡的风
那么相似。清爽得总想抚摸一下

这里的狼毒花和家乡的
狼毒花一样,不管不顾地绽放

站在这里看着卓玛姑娘,如同
家乡看着金花姑娘。脸上映两朵高原红

只是相遇的那头牦牛
伫立原地沉默着。如禅

不像家乡的土牛,香客似的
吃着草,时不时仄起头,哞。叫一声

之 七

为听虎啸的涛声。自己

靠勇气逼近谷底

哈巴雪山与玉龙雪山险峰耸天

在此江面被挤成奇窄的一条

一块巨石兀立江心

传说能听见它飞翔的声音

江水从巨石两侧相拥而下

倒峡翻江。惊心动魄

可谓：一线中分天作堑

两山夹斗石为门

站在天空下面。自己来之前

这江水就咆哮着

自己走后，这江水依旧咆哮着

时光拍打着时光

之 八

疲乏的风一动不动在这儿黏着

疲乏的雨歇了又歇之后就是没有下

疲乏的眼皮被声音强行撑开

自己允许疲乏的腰部微微地疼痛

西双版纳的好景致
一点一点陷入陌生的疲乏之中

这会儿,疲乏的乔登峰、王海涛
何国金、吕志海、郝彪
柴立政把疲乏的情绪烤在鱼肉串里
打开酒瓶将疲乏的夜色一饮而尽

写于2015年5月4-12日

湘游三章（组诗）

凤 凰 城

突如其来的雨

与喊声相拥

将游人挤到屋檐下

心情骤然淋得湿漉漉的

木舟泊在一处无动于衷

小贩们把叫卖声从喉咙里掏出来

打一枪。再打一枪

凤凰想从另外的喘息中飞起

无花枝可攀

无星辰交谈

那位写过《边城》的先生

故居里，散架的留声机

再也放不出《高山流水》《夕阳箫鼓》

只听到匆匆来去的脚步声

橘子洲头

大理石。经过工匠打磨
激情澎湃。寻找
属于自己的点位，严丝合缝
一座雕像横空出世

风，吹起飘逸的发
昂首在天地之间
那样风华正茂。书生意气
那样指点江山。激扬文字

望湘江的水依然北去
而橘子洲头此时却有了高度
每一个来往这里的人，卸下
喧嚣。心底升腾起一种敬仰

黄 龙 洞

没有看见龙，或驾
祥云而游。四方虚空

只是听过传说

一滴水跟着一滴水
落下叮咚。气象万千
石钟里长出乳，喂养石头

暗河成潭。泛舟巡行
蝙蝠躲到一处吞噬着谜
彩色的灯迎头相撞

出洞。天已大黑
几点雨扑面而来。温暖人间
夜是静谧的，做个好梦

写于2016年4月14-19日

左手生风右手藏雨

智者乐水,仁者乐山

雅者乐石。这定然不是自己

端详一块石头的寂静

同土相伴就有了灵魂

假如同心相处,就

血脉相通,就会石破天惊

左右两手。气贯东西

过分雕琢的语言是不可靠近的

北方之石。冷峻

能看见风在石头里的沧桑

一种粗犷,风沙里长着

碰撞着另一种疼痛

南方之石。温情

能看见雨在石头里的滋润

一种柔软,青苔中藏着

覆盖着另一种敏感

如果一块石头有幸和陌生人

相遇、相识、相爱

无论南北,是一件快乐的事
与外人道也,只能看缘

写于2016年11月15日

与阳光交谈

大雪过后,冬至未临,天空晴朗
不敢午休,等着一次约会
一片透明的阳光届时而至
之间,寒暄、握手、问好
相对而望。阳光是那么从容
屋子里便暖意洋洋,几分温馨
床,床头柜上的几本有关诗的书
此时被阳光抚摸
打开情怀,与阳光交谈
人有很多话,想说的时候
就是不知从何说起,急也没用
只顾握着阳光,好温暖
久久不肯松开。暖在身上流淌
阳光像看出我的心思
也没说话。默默地。这样真好
两支烟的工夫,这片阳光
倏忽不见了。暗压了过来
我知道是前边的高楼作祟

挡住视线。轻而易举地

一群鸽子飞来、飞去

我的目光停在眼前,无法随其远望

写于2016年12月12日

亲近一座城市

我正在走失自己

用透明飞舞的汗水

亲近这一座城市

心里藏着慌张与胆怯

将方言换成夹生的普通话

走进这里的公园，得有闲情逸致

可以唱歌，可以跳舞

也可以花一元钱买小袋鸽食喂鸽子

这里的广场有高大而现代的雕塑

不过这和老家西大淖村比

还是显得逼仄了很多

村东有一汪大淖，已干涸，没了水鸟

村北有大片大片的树林，绿意葱茏

村西有庄稼地，种着莜麦、胡麻、山药

村南有花田草海。这都是给游人看的

村里简单得就剩下这一望无垠了

哪有城市这学校，这超市，这医院，这车水马龙

想用自己的憨厚、实诚

亲近这一座城市
包容我的些许狡黠

写于2016年12月19日

幸 而

幸而,我在这个年纪还有一个
健康的身体,成为生活的资本

幸而有几个文友,闲聊些铁肩道义
有几个酒友,偶尔把盏小酌
幸而还有一两个知己,推心置腹
借着阳光和风,靠近花朵

有时候,我也不免同情那些
比自己岁数小的人的艰辛,以及
那些比自己岁数大的人的痛苦,尤其是
有的老者,为病魔逼迫,生命悬在半空

好时光,就是慢慢咀嚼
像一只羊,跟着一根草行走

写于2017年2月16日

旅 行

农历四月初五,劳动节
午后。没有听到窗外呼呼的风
想必天气好于昨日
宅在家里,阅读霍俊明
跟他一起静静地靠在绿色火车的
绿皮座椅上。穿过冀东平原
远处的燕山并不高大
白色的墓碑在车窗外闪现
陌生朋友的一段时光
擦伤了我的身体。痛,并幸福着

写于2017年5月1日

匠 生 活

金 鱼

这条黄色中带些红的金鱼
睁着眼,在鱼缸里
送闭上眼的岳父出家门后
身上掉了两片鳞
鱼没什么,还是那么快乐
我看见水的疼痛

柔软中,叹息如尘
下午的阳光也像死了一样

写于2007年11月21日

祭　奠

退休教师姚桂芬——我的母亲走了
十二天后,远在北京的我的姑姑柴蔼林也走了
夜色洒下如星的泪。悲从中来

风听到黑暗中撑起骨头的疼痛
祖国,我不知道如何向你倾诉
一个不善言谈的我把酒酹在地上

写于2009年9月12日

那只蛾子被挤死在一部书里

我阅读书
一只蛾子阅读灯光

倏忽地。愤懑合上情节
蛾子，成了《长街行》这部书里
一枚姿势如飞的笺

柔情曲曲折折水
世事重重叠叠山

写于2011年9月20日

这些风

这些风一路认识那些杨树
那些柳树。依旧让她们绿了

这些风一路认识那些蝴蝶
那些蜻蜓。依旧让她们款款地飞

这些风一路认识那些胡麻
那些莜麦。依旧让她们饱满

这些风却认错了自己。当我走近
那处老宅子的时候,风呜呜地哭了起来

写于2013年7月4日

曾 祖 父

别在腰间的一双半新布鞋
是曾祖父的脸面,进村穿上
出村脱下。风猛然熄灭大户人家的油灯

把一身好力气使完之后
手被磨出茧子,疲倦和疼痛
幸福推窗。桃花开了

拾掇土地
一个人从人群中脱颖而出
靠一把镰刀在方圆几十里割出大名

种瓜得瓜,种豆得豆
一马鞭又一马鞭,丈量延伸的喜悦
汗水汹涌。洗亮了柴芝荣正午的额头

写于2013年7月5日

西大淖村

这村庄是属于父母的
如今父母撒手西去
于我而言心被掏空了一般
村庄也在多年前就走失了
只是些许记忆尘封在背后
偶尔让自己听到时光里的心跳

写于2013年7月21日

姥 姥

打官司是戴眼镜有学识的大姨夫撺掇的
至此,说不出痛的姥姥
背井离乡。只好帮衬
两个外嫁女儿的一大帮孩子
栉风沐雨
女婿的脸,犹如一块
生铁,日子里挂出冷霜
姥姥除了干活之外
就端坐一角。没有半句闲言
别人不吃的东西,姥姥
吃得香。且无怨无悔
一向委屈自己的姥姥
没见她流过一滴委屈的泪
耀眼的光芒照射过来
慈眉善目的姥姥,如佛

写于2013年7月28日

漫 步

山不是很高。山上的亭子越发简单
不过足够让上山的人伫立远眺
原本山脚下有所小学校
小学校前有一片水滩
水滩坡梁上有块谷黍地
谷黍地旁有个小村子
这一切。在一声叹息中，走失掉了
母亲曾在这个叫南滩村的地方教过书
时光。成了儿子傍晚背后的记忆

写于2013年8月5日

传　奇

月亮是埋藏在黑夜里的魔镜
时而，诱惑着人
阴晴圆缺。变幻莫测
尤其是农历十五，被风轻轻拭过
明晃晃的。犹如银色法器

据说布道的想占取幸福
据说作画的想盗取快乐
据说赋诗的想窃取爱情
据说饮酒的想偷取希望
觊觎者众。男男女女，老老少少

只是有星星呵护着
至今，都不敢轻举妄动

写于2013年8月29日

又梦见老高

我正训导这帮孩子，呵斥他们

擅自给一个帮闲的人干苦力

那人轻蔑地，恶狠狠地

看着。我悉数安全隐患

突然背后一股凉风袭来

下意识，我仄头一瞥

一个高挑的女人，披一黑氅

黑影子似的站在我身侧

这不是老高吗？脸虽然有些蜡黄

嘴角带着微笑。些许僵硬

欲上前打下招呼，老高的

那张脸倏忽不见了，身子也顿时消失

惊愕之余，四周张望

却与正倚着门框的陌生老妇相视

写于2013年9月13日

深　秋

一场夜风，使渐渐黄去的叶子
纷纷逃遁。那么仓促与慌乱
等一缕晨光推开云，醒来
树已是伤痕累累。生命之轻
光秃秃的枝杈现在清楚地看到了
更辽阔的蓝天和明晃晃的太阳

越来越瘦的深秋里。树孕育中
盼着来年枝繁叶茂

写于2013年10月4日

自己看见了自己

自己看见了自己

头发如秋

刀藏在额上皱纹间

一点一点削着熟悉的时光

沉默是一块锈铁

浓眉已经淡了

眼角耷拉着

鼻子上长出明暗的斑

髭不再一抹的黑

寒霜冷冷

染几根银白或褐黄

一颗槽牙二十年前坏掉了

现在又有一颗槽牙隐隐地疼

脸正被一片灰色追赶

有尘土吹向我

写于2013年10月30日

写给先生（组诗）

难于青丹施妙笔
兴来得意画狂风

之 一

先生胸膛被蹄声激荡之后
就在叫宣纸的地方。挥毫
一匹、两匹、八匹、百匹骏马
飞奔而出。犹如波涛汹涌
是朋友。是知己。是化身
带着浩然之气
带着凛然之骨
从遥远的天边驰骋而来
让喜爱它的人
顿时灵魂出窍
草原就生动起来。先生就是骑手
用目光点亮疼痛的灯盏

之 二

先生就像一匹纯粹的马
时常毫无缘由地仄起头
听屋檐雨滴,让里面的声音溢出

之 三

安静下来,先生站在那儿
此时阳光温暖
先生扶一下眼镜,墨走笔端

先生活在黑白之间
黑就是墨,也是先生的精血
白却是先生的苍茫

是天。也是地
是云。是雪。也是月光
那白还是风,时不时卷起先生衣角

之 四

先生夹一枚云子
恰到好处
啪。摁在棋盘上
时间像个顿号
侧身。动了一下
捏在手上纸烟的灰
耳朵听,轻轻落下寂静
先生却在乎
棋局之势,大写意
弓如霹雳弦惊

马尾。风一样扬起
草原就跟着奔跑
穿过春天,美妙
猛然有一种花香扑鼻

写于2013年11月5-11日

匠 生 活 （组诗）

木 匠

我找他打过两次家具。一次
住平房。一次住楼房
其间隔了十年。放不下的惦念

他一双茧手。他一身力气
他还实诚
说一句话，慢得让人刻骨铭心

他做家什很少使用钉子，熬一手好胶
卯榫严丝合缝
劈开的汗珠子有爱和疼痛

照例是要管一顿饭的，菜里有肉
闲暇。他嘴唇粘着纸烟
手不停用磨石磨着沉默。刀锯锋利

组合起的衣柜,很精致

看看、摸摸。总是一种享受

生怕油漆刷了,就给毁了

后来听说他的徒弟改用电刨和钉枪

不由得想起,从我这里加工的水曲柳

推刨。刨花似花纹纸将时光卷起

钉 鞋 匠

他患有小儿麻痹症。咬牙

在村小学读到毕业。痛并快乐着

面对十年九旱的土地,生存

让他一瘸一拐走进拥挤的县城

那年他十七岁,想靠讨一口饭过活

脸面使教书的哥给他买了台给人钉鞋的

家什。在百货大楼门口

成了一个钉鞋匠。风里雨里

他认识我,是我当残联理事长时

万家灯火。点亮一颗轻浮的心

现在,五十岁的他,是两个女儿的父亲

一个在念高中。一个在念小学
对孩子的希望，越发简单
就是想用知识去改变她们的命运
手里没营生的时候，他常常会
在自己的三轮小房车里。看书
他要把书里的故事，讲给娃和老婆
黑夜里。蜡烛燃着的火焰向上
三十多年的疼痛，他修补过多少鞋
谁都数不清
只是在今年夏天，我蓦然看见
他一只脚穿着单鞋，一只脚穿着棉鞋

画　匠

旧时光里，画匠家与我家老房子
相邻。相交甚好
找画匠孙子玩，是小时候
功课之外的事儿。目的十分单纯
就是想看缺根手指的画匠画画

画匠画画前是要喝一壶茶的

是习惯，也是讲究
不多不少就一壶
认识画匠就那么老
而且，老是那么老。颔下有美髯

画匠画画不喜欢人在旁边
孩子们倒不计较。怪得很
墙围子上牡丹开富贵，缤纷艳丽
玻璃镜里金鱼游吉祥，妙趣横生
人们说，画匠还给自己画了寿材

构图新奇。淡墨重彩
凡是见过的人，都不由得啧啧称好
画匠去世后，没能安放在
刷了七遍清漆的五寸厚的柏木棺材里
遗憾之余。今夜无眠

铁 匠

那年，我在一所乡村小学教书
班上一个孩子的父亲就是铁匠

此人魁梧、膀大腰圆
说话就像砸铁的声音。铿然有力
手艺不错，找上门做活的人不少
一块铁在滚烫的炉火中
锻打出雄性名字。硬邦邦的锹、锨、锄、镰、镐
不忙时好喝一口酒，说是解乏
酒是散装的，很冲鼻子的那种
下酒菜从不挑剔，一块臭豆腐
自家腌咸菜足矣。他总是充满幸福
叮叮当当声在铁砧上响起
村子的街上就多少有了过日子的喧闹
给马钉掌，更是铁匠的独门绝活
庄户人愿意来，除了人家活儿漂亮
还想聊上几句或蹭口酒喝
铁匠也乐意这样。人旺。火旺
我挺想听马新钉的铁掌踏地的声音
多像一种问候，让人惬意
后来，我离开学校时，这个学生
送给我一把他父亲亲自淬砺的菜刀
试了一下，菜刀真的不一样
除了锋利之外，手感好，还省劲儿

钟 表 匠

钟表匠师傅的手艺就是精湛

不愧是给岳父修过瑞士大英格手表的人

我的座钟的毛病,迎刃而解

又开始了,不快不慢的节奏

走在一个叫北京的时间里

平时,钟表匠面对一块表

就眼戴罩镜,手捏工具

如同一个医生面对一台手术

那样认真与一丝不苟

钟表。有时去尘,有时上油

有时更新表蒙子

有时要看齿轮啮合,发条松紧

这一切,做利索那可是见功夫的

钟表匠喜欢把修好的钟表

摆放在显眼的地方。一目了然

老客户去,新顾主来

仔细听,嘀嗒声正从钟表匠手上走过

鼓　匠

母亲走了，鼓匠来了
吹打起对逝者的缅怀、祭奠
看见黑暗中的母亲
裹满沧桑。一路西行
这热闹，只能属于娘生前孤单的影子
鼓匠们极尽其能事。吹拉弹奏
时而二胡哀婉
时而唢呐呜咽
将谁的苦和乐，融入音符
如泣诉。恸山川
戚戚之悲，伸手触摸
泪泗流。肠断天涯
身在事外，陷入其中
一曲终了。散了
天堂的路铺满了云朵
母亲走过的地方
被鼓匠们吹得，升起
一缕一缕袅袅的白

石　匠

他是个石匠。在石头上镌字

如他人在宣纸上挥毫，得心应手

錾子是笔。那溅起的火星

是一个生命与另一个生命的对话

他姓阮，人称阮石匠

这可是从石打石中站着的汉子

他凿过磨盘、凿过碾子、凿过碌碡

这些开始渐行渐远的东西

曾离阳光最近，离饱满最近

和喜悦一起。和快乐一起

他凿过图腾柱。他也凿过拴马桩

羊吃草，骏马驰骋于辽阔的草原

他给大庙凿过壁照

映日荷花，别有寓意

他给公家凿过狮子

雄姿英发，甚是威武

石头的温暖，石匠能摸得到

他爱着每一块经过自己手的石头

石匠想给自己刻一块墓碑

抚着石头,却迟迟没有动手
石头敬重石匠,是石匠给了石头
一颗飞起来的灵魂

写于2014年1月4-26日

一只飞虫

上楼梯,下楼梯

在三层楼道的拐弯处

一只俗名也叫不出的飞虫

吊死在尘网中

它有过快乐的夏天

是一场秋雨打湿了翅膀

或是初冬的寒冷

太过突然。还是劫数

否则,它是不会躲进

这要命的地方

这让看到它的人,若有所思

写于2014年5月6日

鬼 天 气

云把太阳挡住
时而刮风。时而又刮风
我被冻得没一点火气

阴冷。越陷越深
没主意的人们,只好把二月的
羽绒服裹在五月的身上

写于2014年5月7日

曹军之死

惊骇你用这种方式结束
霹雷炸开青天
六楼是放飞鸽子的地方
你却给肉体以惩罚
只是自己在空中看到自己
瞬间舒展的灵魂

泪水,此时已载不动
你内心巨大的痛苦与挣扎
时光薄成一张纸
点燃后名字被寒冷吞噬
平静如初。记忆陷入
一声声沉默之中

写于2014年6月14日

多余的话

他已体无完肤，该到
囹圄里忏悔。救赎曾经的言行

隐身术学得真好。算盘
噼里啪啦地响，掩人耳目

了解他的肮脏与口是心非
还有一说话就向上翻的眼白

多余的话，总给有心人听

写于2014年12月8日

十年祭

孩子和丈夫走进温暖的背后
部分留在这无可奈何的尘世
一个双重身份的人。在一次车祸中死去
跌向了油菜花的山坳里

白毛风如蛇信子舔着时光
我抱着思念,把记忆当柴火塞进炉门

写于2014年12月17日

小 寒

风卷着我的心情,放进小寒节气里
见几只灰麻雀飞起,又静静落下
一幢楼房背阴处,滴水成冰
流浪狗夹住自己的声音,蜷缩在垃圾箱外

写于2015年1月6日

写到草原

草连草,涌向天边
而涌上心头的还有酒
奔马驰骋　辽阔情怀
有苍鹰,飞旋于蓝天

其实,很多时候
鹰或许是想象出来的
抬头仰望天空,而空中的风
总在抖动无形或有形的翅羽

写于2015年3月7日

叫不上名字的树

没有俗常地随风而落
簇拥在枝干上,簌簌作响
叶子。曾藏着偌大一个春天

叫不上名字的树,让自己有些尴尬
就像一把大掸子,静下心来感受
拂去浮云。是湛蓝的天

写于2015年3月9日

忆 故 人

时间如白驹过隙
穿过我的河流、山峦和整个草原
没有影子,风餐露宿

只是打响鼻时竟让自己仄了一下头
看见小时候的同学,虚幻走来
借谁的一碗酒,輤然而笑

写于2015年10月29日

那时候

那时候,经常排着队,吼着嗓子
嘹亮地唱,我们是共产主义接班人

那时候,经常在县城外的土坡上植树
条幅写着我和小树一起成长

那时候,经常赶到陈羊沟村
抗旱、锄草或拔胡麻。汗流嘴里

那时候,经常去红星造纸厂、东风机械厂
参观,之后写一篇作文。贴在墙上

那时候,经常听见报喜讯的大鼓
咚咚地敲。如羊的孩子们,咩咩叫着

写于2015年10月30日

抵　押

抵押开始。内心无法对视
对于柴米油盐的迟疑

抵押这老房子，成几张
格式一样的纸。条款似铁

抵押名字和手印
那食指的红，多像一块血痂

抵押五官，压成平面
将拔火罐的章盖了一背

抵押一串数字，唯一的
有可能带入虚无的替身

抵押一日三餐中的利息
好话。赤裸裸抖落了一地

抵押絮叨。庆幸
高傲的头低下,如夹尾巴的狗

抵押时间。尤其是黄昏
随之而来的,还有梦

写于2015年11月6日

写给余秀华

月光落在左手上
巴巴地活着。看
摇摇晃晃的人间

这言语击中了谁
穿上云的外套
寄走几片雪花

感谢网络。让这位
女性倔强地站在田野上
把一些赞美当成春天

后来，听妄言
黑短裙压不住生活的风
家长里短。可以写诗

手持灯盏。路漫漫
豁口处，惊异

如被苦难琢磨出的玉

写于2015年11月14日

属 相 隐

曾经生活的罅隙里,父亲的
黑尾巴,被踩出疼痛的日子
之后。自己也就有了尾巴
且夹得紧紧的,不敢翘起
偶然在不经意间露出
没显出形状
许久后的一天,自己突然发现
人人皆有尾巴,一下子心明眼亮了
因为,不管谁,带尾巴的
属相就如影相随。只是别来无恙

写于2015年11月28日

羊 之 鞋

羊开始上路。遇过沙尘
雨,以及寒露
还有藏着的小心思

当走进高楼拥挤的城里
陌生与紧张袭来
陷入心惊肉跳的瞬间

遭遇轻蔑一瞥
羊的目光退缩到胆里
怯生生不敢叹息

生活的需求
只是那么一闪
羊,就轰然倒下

一刹那
羊的最后一丝声音,被手里

油光的刀吞没了

地上是撕扯下来的
八只羊的脚趾
带血的鞋,任冷风吹过

写于2015年12月7日

生 活 志

尘埃落在时间上

心里就多了些浮物

别人手里的签

谜底很多

洗心方能革面

清心可以寡欲

日子里

陷入糟糕的两难

此时,谁还没有

一片放不下的寂寥

写于 2016 年 7 月 10 日

给自己一个交代

一个充实的过程
时光，举轻若重

那只蓝蜻蜓，精灵似的
让一池老水
试图看清快乐

翻一本日子做成的书
时晴时阴时雨时风
用秋的浩荡与辽远
给自己一个交代，心宽就好

写于2016年8月24日

雪　帖（组诗）

之　一

雪似花，不邀而来
没有拘泥于时令
让人惊讶之余
叹，气象万千
雪花紧随着风
时急时缓时疏时密
舞姿翩然
精灵一般
盯着一朵瞅
那曼妙的身段
完成亮相
又倏忽不见
地湿漉漉的
心跟着也湿漉漉的
雪花继续飞舞
一朵覆盖着一朵

放眼望去

已是白茫茫一片

尘世的圣洁

瞬间属于雪花

之 二

雪花落在地上

只剩下半条命

趴在地上动弹不得

苟延残喘

等待风下狠手

太阳白瓦瓦的

没有一点儿情面

高悬空中

红炉炭火般燃烧

雪死得其所

很快融化掉自己

干干净净的

不留一丁点儿痕迹

这过程太过简单

复杂地去想

只是人心不古

什么不是如此

之 三

一场大雪之后

眼里满是新奇

又一场大雪

随风而至

此时便没了感觉

就心生抱怨

窗口望去

质地不是绸缎而是素布

在喧嚣的人间

片刻死寂

连鸟鸣

也显得格格不入

沿着脚印踩着

陷入重复

简单的白

让人们一目了然

想要寻觅风景

只能退回到旷野中

那雪窝里的哞叫

甚是空阔辽远

写于2016年10月27-30日

写给母亲

母亲入梦盘桓

闪现眼前

却经不起端详

脸庞模糊

只是隐隐约约听到

说话的声音

我很羞愧

自己从来就不是

省心的孩子

此刻俯下身子

以头击鼓

欷疚一点一点

剥疼自己

黑暗中行走

恍然回到现实

还是耿耿于怀

农历十月初一的钟声

在心中响起

娘没了
就让一炷香靠近自己

写于2016年10月31日

伤心在其慢慢回头的那一刻

先生走了。如墨洇开

夜色很浓

只有燕山上的月牙

如钩

同先生相伴一生的那匹骏马

孤单留在一片白里

不肯离去

此时,它有些紧张

从来没有见过

这种牵肠挂肚的场面

时而打起响鼻

时而腾空嘶鸣

和先生知遇,缘于

先生手中的笔

带着风,从一张宣纸上驰来

随后的生活里,在草原上

骏马以特有的气质

展示着千姿百态

或披晚霞。或踏晨露
或沐天色。或染花香
站卧走跑率性而为
只是在其慢慢回过头的那一刻
一种眷恋油然而生
雄浑的琴声正一点点响彻大地

山回路转不见君
雪上空留马行处

写于2016年11月17日

一个人的离去引起这般汹涌的庸常

二踢脚将夜空崩得遍体鳞伤
丧事开始。死者为大
神与鬼退避三舍。覆盖白色

一了,却不能百了。点灯烧香
冬天把一切拿走,世俗还在那儿
吵吵嚷嚷。鼓匠无所适从

过往之事明细如账本。一页一页时光
暗地里生出是非,耳朵偷听
形影相随,委屈剥开算计的真相

有一部分泪水这会儿已经成为道具
桌面上的脸面被踩在了脚下
七嘴八舌。悲痛叫生活碾碎

一个人的离去引起这般汹涌的庸常

写于2016年12月13日

好好感谢一下风

冬至的下午飘起零星雪花

入夜时,雪稠密了些

第二天清晨向窗外望去

一层白。说厚不厚,说薄不薄

白得像一张素笺

也像一块裹尸布

这比喻太过俗,不过不要紧

此时,寄予赞美的是在远方生成的风

要经过这儿的风道,拯救想看晴朗天空的人们

曾经很讨厌风,狭隘地说过

有关风的坏话,贼风不死

风以风的速度驰援

这一座座耸立入云的高楼,这会儿显得

有些多余,阻碍着风的迅疾南下

曲折的风,蜿蜒如蛇

尽管冷,还是感觉到嗖嗖地前行

风终将笼罩在灰蒙蒙之中的城市撕开口子

逐渐露出了干净的蓝

闷在那里不敢呼吸的心情,瞬间畅快
这一次,真要好好感谢一下风

写于2016年12月23日

谁在那儿

你手提星星点点的灯盏

我头顶白日

一路省略。深一脚浅一脚

在一个叫梦的地方相遇

随我来的朋友,你感到很陌生

你骑高头大马,器宇轩昂

没有在人间的潦倒

看清这些活着并无比痛苦的人

没寒暄。只靠眼神交流

过去的酒壶,遗忘在曾经的伤口处

记得与你说过,闲暇可聚

对酒当歌。却被黑暗给淹没了

此时,想寻一杯酒给你

你却刹那不见了踪影。谁在那儿

写于2017年2月19日

这 雪 花

这雪花。如果跟着风落在南方
会生出好多精彩的诗句赞美

柔软之羽,折射含情脉脉的目光
于我而言司空见惯。每每辜负了这景致

写于2017年2月21日

阳光照亮了村庄

阳光。明媚地照亮了村庄
来到庄户人身上。耀眼夺目

谷雨后,又开始了一年的忙忙碌碌
土地上劳作,是艰辛的,也是踏实的

多么盼望说来就来的风
和说来就来的雨。风调雨顺

不过只要勤快,幸福
在奔跑中,会缩短距离

那一块块蓝色如波的光伏板
那紫色与白色的马铃薯花。编织喜悦

屋檐下挑起的红灯笼
是幸福日子里的象征。甜蜜而美好

举目远眺。见每一只鸟儿
衔着一缕缕阳光,正将飞起

写于2017年3月31日

秋天的姿势

秋天不经意间走近了自己,写一首
赞美诗吧。渴望的风景,伸向了远方
那牛群、那羊群,是很好的素材
放在什么地方,都会带来愉悦和欢乐
土豆与甜菜暗地里使劲儿,茁壮成长
是贯穿的主线,常给人们意外的惊喜
风,是细节。正在吹黄胡麻桃子
莜麦铃子,并在树叶上鏨刀
还有那鸟的啁啾
一声连着一声,眼神跳动着光芒
深入到一个季节的深处,呈现出的
姿势,总是感人的,让心情燃烧

写于2017年7月28日

花影里的疼

新　月

一弯新月，是刀
利刃雪亮。剖开一片氤氲

涌出的孤独，吹着风
见过多余的部分

世间的伤痛
需要在梦里才能看见

纠结谎言，纸上闲情
点燃后，只剩下灰烬

写于2013年6月13日

宫　殿

一个女人，一个叫武曌的女人
甩了一下衣袖。愠怒
吩咐属下：掌灯
宫殿的亮推开夜的窗户
诱人之光，可餐
飞蛾。飞过来却没有飞回去

写于2013年7月8日

内心深处

八竿子打不着的
一竿子就打得遍体鳞伤
却又无法寻找疼痛

手里紧握一对翅膀
无数只鸟飞向了灰色的天空
云在你看不见的地方飘着

写于2014年4月4日

花影里的疼（组诗）

之 一

时间漏下的露珠
一滴滴拾起。静心去品
那段带着月光的日子
走丢了。失眠悄然而至
说好是一起出门的
因一场雨而失约
花影里的疼，再次偷袭
秋风的报复多少有些冷飕飕的

之 二

落霜后灿烂如花的景致
万般不情愿结束此刻
大千世界。大惑不解

这浑身的寒冷令人泣不成声

让一种期待毁于一旦
苦涩的风吹过。苦海无边

之 三

空旷的田野。瑟缩着
那几棵老杨树相隔很远

没有雪。草扛着冷
颤抖。阳光刺眼

于尘嚣之上。有些措手不及
彼此感到时间没有停下

风找不出影子。枯叶飞舞
谁的爱，让一颗心茫然走失

之 四

天气在立冬后，一天天变冷
夏里浓荫不存

没有遮蔽。天空荡荡的
带着心思烧红的铁，走近你

生活之外的角色越陷越深
看到，又一次似曾相识
以特有的方式取下面具
一朵花的怨，是从一声叹息开始的

之　五

潜台词躲在门后
耳朵，听到失眠

扯千丝万缕，缝补着
疼痛边缘上的安慰

孩子在那儿牙牙学语
是在读一首古诗，光芒绽放在脸上

月亮是糊窗户的一张麻纸
提防着风，生怕被捅破

之 六

这像是一种

菠萝的味道。却不是

陷入芬芳

花蕊里。藏着自己

弥漫如同涟漪

内心涌动

总是在不经意间

燃起激情

而在躲避的想法中

啜饮忧戚

其实,这足够幸福

疼痛而甜蜜

犹如一只鸟

蓝天下委婉地叫着

却让风

碰伤了翅膀

之 七

掐疼了夜,星光闪烁
恰遇春风扑面
沉醉不知归路
置于脑后。挺好的
月亮碎成
白花花的银两
属于你我
可以买秀色山川
我不知道你在哪里
虚度这良辰美景
就让浓稠的黑将我覆盖

之 八

坐在对面。风尘旧影
没有预期,只是
你毫无缘由地笑了。由衷的那种
像是听到惬意的赞美
然后,恰到好处地聊一个话题

说他人，也说自己

走着一条路，又走着一条路

之 九

没有那么多的忧伤

只是在写诗中。想象着

一只鸟被风吹得失去活力

可以流泪。抽噎

或号啕。也可以倾诉。滔滔不绝

这是自己对自己的宽恕

之 十

从高处，到低处

怀揣着悲悯

一杯酒，即可盛下万里河山

只怪风难以收拾尽

化作春泥的那份缠绵

长出的是非恩怨

之 十 一

一抹红。映入眼帘
恳求你的原谅,让疼在一场
雨中开始。淋湿思绪
只有酒,可以用来放纵
命运里不断缩小或放大
自己。靠近一个人坐下
十分幸福。那颜色
洇成了黎明柔情的花朵

之 十 二

失败。从结果中看到的
还有很长的路要走
这忍耐会坚持多久

拉住窗帘,时间就
赤裸着身子。洒落一地鸡毛
不是你,而是我自己

之 十 三

没窝，也就没家

不能远走高飞

何谈天涯

有的是土地荒芜

庄稼的种子

已经干瘪

寄人篱下，不单是

为了自己

汗水喂养生活

得到鄙夷

时间让异客顾忌

在他乡越来越觉得多余

之 十 四

往事，一溜烟过了

而纷扰也已淡漠

时间一点一点老去

只是，有些日子再也回不到从前

曾经的真心

借自己一首诗寄情烟霞

烦恼与欢喜

都没必要在意或留恋

不悔今生就好,哪敢妄言来世

之 十 五

自私。如一块植皮

补在额头。假装浑然不知

可以独酌,独醉

横竖活在一道闪电里

不管不顾的风吹着苍茫的大地

写于2014年6月4-26日

童 话

先说你妈,再说你
然后说你爸
天哪,差点忘了
嘀嗒的钟表里
怎么就渗出水来

哭声锯开夜色
漏下一天的星星

写于2014年5月8日

伤　逝

老枪。在黑夜里
感受到一股隐秘的力
可惜，没有听到
子弹飞出去的声音

消瘦的月牙
触摸。看不见的伤
却让相思，袭击

写于2014年5月21日

流 年

岁月如鸟飞过
天空的影子
稍纵即逝

任凭怎么寻找
还是看不到。翅膀
划出痕迹

那几声鸣啾
是属于记忆的
咀嚼火焰

写于2014年5月23日

跟　着

跟着一滴雨水行走
就成了雨水

跟着一缕月光行走
就成了月光

跟着一片枯黄的落叶行走
就成了落叶

穿过空白的日子，那是我

写于2014年5月28日

致 梦

没有想到在这种场合
见面。一池水中我如鱼游

你厚衣裹身。手拿火柴
正准备点坏了的锅炉
我举着一张扑克牌
变戏法。为别人的事预测

两人终究没说上一句话
停电让一切忙乱。等待着

写于2014年6月30日

初 冬

蝴蝶把一片秋月藏起后

不小心,被霜打湿了翅膀

高过树梢的风。一个寒噤

让你的露珠跌碎在季节的门槛上

写于2014年11月2日

守住风声

风起。内心泛起涟漪
拉住窗幔后的雨
又一次淋湿了我
经年的泪水
一朵花开出深意
却让偷猎者失眠
细数飘落的花瓣
片片敲疼了夜色

写于2014年12月2日

纠　缠

纠缠无心　纠缠有意

纠缠哲人一句黄昏里的表白

纠缠锅碗瓢勺之方式

纠缠闲言碎语亮出的舌头

纠缠别人的沉默

纠缠风在节骨眼的停顿

纠缠阳光下一片黑羽

纠缠被纸包裹的一粒药丸

纠缠茫然　纠缠伤害

纠缠不解风情的飘零

纠缠骄横渗透出的尖酸刻薄

纠缠阴谋埋下的引信

纠缠自己内心最大的私心

纠缠无辜者的目瞪口呆

纠缠镜子上瑕疵放大的溺爱

纠缠叹息一寸一寸抻长了生活

写于2014年12月28日

听　到

隐隐听到。一只麻雀
在巢的暗处用呢喃安慰心情
思绪展开，便煮酒夜欢
月醉成一口陷阱，谁掉了下去

写于2015年1月8日

杜 鹃

杜鹃。是鸟
名杜宇,一曰子规
也叫布谷
这多像古代读书人
有字、有号
翩然间,真是惬意

杜鹃。是花
称,映山红
姑娘莞尔,一个眼波
就让心漾起涟漪
风情万种

若在无雨季节
杜鹃鸟邂逅杜鹃花开
多么辽阔的美

写于2015年12月9日

邻人嫁女

楼下的姑娘,两腮
绯红。眉梢眼角挂着笑
幸福洋溢在周围

自己在自家的门上贴一个喜字
明天就要嫁人
甜蜜在她的掌心里开花

写于2016年1月10日

春 风 面

是碧玉妆成的窈窕
是流连戏蝶的温存

是等闲识得
是草色遥青

是一边绿的流动
是一边暖的啁啾

是唇线　是眼影
是霓裳　是罗裙

是如你百般红紫的芳菲
醉得季节里更是浓香

写于2016年1月12日

哪朵云里有雨

端坐。已脱胎换骨
时而插话,抖掉身上的俗尘
微小的细节。并不简单
环顾左右,该说的都说了

身价,使自己不再躲闪
过往之事只能在镜子背后看到
逸闻趣谈,水珠里的虹
询问风,哪朵云里有雨

写于2016年1月27日

新 年 辞

风,脚步细碎,走进新年
雪花眨眼间落了一地
此刻,就在这圣洁的白上,写下祝福
是一如既往的幸福。是与众不同的快乐

写于2016年2月8日

惊蛰叹

三月坝上。依然冷
如手里攥住一块生铁
只是阳光把楼房
遮挡的黑影,挪出罅隙
照着。潜伏一冬的雪
悄悄地,顺瓦槽一滴撵着一滴
溜走。远方传来急促的蹄声

写于2016年3月5日

忘 却

那年看不清楚的风
将父母吹得东倒西歪
一句话迅速冻成一截棍子
戳开窟窿，落得遍体鳞伤
如今父母住一座坟茔里
安享清明。草枯草荣

写于2016年4月4日

桃 花 赞

花是花。道非道
已无退路,为一片粉红倒下

云过云走
雨过雨走

多少年了就是这样
迷人处。总把春风醉

写于2016年4月5日

白 云 赋

蓝天上的白云,真的
好白。有乌青诗云
"十分白,极其白
贼白,简直白死了"
其实这种白
是告白的白,是明白的白
是白不呲咧的白
是真相大白的白
也是一个人走后剩下的白

写于2016年5月15日

沉香引

常绿之木。茎很高
叶子呈卵形,花白色
质地坚硬而重,有香味
中医入药。镇痛、健胃
诗人于此暗藏着灵魂
将锦绣之章用笔雕琢成珠
想救治自己,也想救治别人
心动时,捏着,念念有词

写于2016年6月10日

欢 乐 曲

快意顺着甜腻的声音
滑落。香尘中
将一串言语浑身浸透

是时候,激情四射
让花朵起舞
扑鼻的芬芳洗礼灵魂

写于2016年6月27日

与 妻 书

远远地看一片树林朦胧闪烁
近了认出有叫京杨①,有叫旱柳

我和妻杨柳依依。朴素地绿着
让老去的时间如此随意自然

写于2016年7月7日

---

①京杨指北京杨。

寄 语

自己是个卑微的人
可拥有着一片蓝天及足够多的白云
这让我很奢侈。因此
特别感激上苍的偏爱
幸福之余,愿同别人分享
或换取纸上一湾溪水
抑或笔下巍峨的高山
哪怕兑出一份好心情也行
不过,总是对那些生活在
霾里的人,心念同情
就想请清爽的风捎些过去
咫尺,与天涯。同此共有

写于2016年7月12日

睢鸠诗

睢鸠,古书上说的一种鸟
传此鸟情意专一,相伴生死

前世的鸟,在河之洲
关关叫出今生那片花好月圆吗

写于2016年7月15日

水 珠 吟

一扔。水花开放
石头子儿被水淹没
那瞬间的咕咚声
与溅起银铃般的笑,一纹纹散去
只是挂在外孙脸蛋上的
水珠,再也退回不到水里

写于2016年8月25日

秋 风 错

每个人的日子里
都会有些不尽如人意的事情

我时常看见乌鸦、喜鹊、麻雀
这些熟识的鸟，朋友似的
和我一样过着普普通通的生活
闲时，我还见过
笼子里的画眉、黄鹂和百灵
它们欢蹦乱跳，叫声甚是婉转
偶尔在远处的水里
也见过丹顶鹤、苍鹭
更稀罕的是，也在
原野上见过鹰，记得
它那双尖锐的眼睛
盯了我好一阵子
遗憾的是
这些年
早先的燕子我却没有见到

这背黑腹白的小家伙,究竟
是忘记了我,还是被秋风给错过了

写于2016年9月24日

重阳句

寒露过后,便是农历九月初九
今天比昨日暖了许多
下午到南山公园看塔
权算是登高致远。聊以自慰

自己的身影引着自己拾级而上
景色还是那么寻常依旧
只是在自己抬头瞭望时
见一些树叶开始被风带走

写于2016年10月9日

霜 降 行

风抚过落叶。如此慈悲
天一天比一天冷了
听人说你的事已经定谳
看望一下是对的。毕竟同学一场

寻找一个温暖的词送你
伤感是多余的,无言以对

路在途中。属于自己的是脚
走得深入了就会迷失
与虎谋皮。时光划破生活
别自己亵渎自己。放下便是

写于2016年10月23日

借一张白纸忏悔

入冬。不是因为意外,又有一只
小飞虫,死在我的手下。粉身碎骨
我们之间的交手
起因越发简单
只是同在一屋里不同的生活
最讨厌它在我的眼前晃
尤其还要霸占属于我的领地
我就追着打
它就拼着命地逃
有时候它会躲藏在我的牙刷里
它偷吃新鲜的西红柿汁,以及吮吸
刚刚切开的洋葱上的乳。恶行累累
我在它的面前是巨人
它太小了,禁不起一掌劈下去
事实也是这样。尽管飞东飞西
还是很呆的,落一处,只能等死
老是这么狠,自己就有些过意不去
心缩紧,想躲着这样的结果

可它的伙伴。没别的选择

找见我了,能免不了一死吗

写于2016年12月16日

距 离

你我之间,是隔着距离的
隔着距离反而比没隔距离好
隔着一朵芍药花开恣意的距离
隔着一枚清月空悬孤独的距离
隔着一匹马跑山川的距离
打马而来,打马而去

这隔着的距离说长真长,说短真短
就是心跳时,一个动词的距离

写于2016年12月21日

为一朵花接风

臂弯里。泊着黑色的浪
此刻能听到呼吸
如倦鸟归巢
如翔鱼浅底
这宁静。正好做梦
当一回上林人,衣着整洁
等到三月为一朵花接风
让她开出动人之色

写于2016年12月28日

写在北京

据说是前天的风,和昨夜的雨
吹过、洗过之后
才拥有了这一片干净的蔚蓝
让眼睛。应接不暇
看到了柳树挂柔,桃花绽情
也看到了倚栏莞尔的倩影
同时,还看到了一池湖水的微笑
以及翩然的鸽群与喳喳叫的喜鹊
三月的北京邂逅这般好天气
感动让人流泪。至此谢过老同学
现在,我们只需尽情享用
暖而明亮的,这一片金色的阳光

写于2017年3月27日

藏 香

走进小城口菜馆。《甜蜜蜜》就飘进耳朵
在靠窗的位置面对面坐下
便是看一眼,再看一眼之后会心一笑
照例是要点一份罐焖凤爪的,还有
黄桃和海棠水果拼盘,以及炖老豆腐
开吃时,以酸奶当酒碰杯
祝福在慢慢老去的日子里,端着
一片月色,浸润着曾经的夜晚
瞅着街上的行人,匆匆忙忙的。喟叹
人的一生,有多大一部分是不属于自己的
此刻过后,打开内心幽暗的通道
一朵随心而开的花参与了绽放

写于2017年5月2日

分裂的三角枫

分裂的三角枫（组诗）

1

被梦境打开
奔跑的风带着自己
我和马儿都无法拒绝

2

鸟飞过空洞。越陷越深
春天洗干净自己的脸
花聚拢在一起。争相斗艳

3

花绽放。芳香四溢
草站在风中，没看清
细雨，遁逃的方向

4

风将掌心的灯盏吹灭
黑暗把旧的自己盖住
春之慧眼,看见了新的自己

5

向往大海,渴望
化作水融入。沙滩上的
脚印被自己带走

6

两只鸟落在
下午柔和的光线上,嬉戏
今春看又过

7

写错诱惑的地方

猜巨大的谜

月光终究醉倒了两个人

8

太阳给了墙壁上

一座挂钟新的一天，墙壁上

挂钟给了我新的一天

9

黑色的影子

从楼顶坠落

夜朝心坎爬去。隐居于此

10

现在。连梦都不做了

就是盼孩子在春天里，渐渐长大

等风，把岁月吹成灰烬

11

读着诗人何塞·埃米利奥·帕切科的诗
像水开前的安静
时间,覆盖不住寂寞

12

我站着,比羊站着高
仰头,离天很远。不可触及
低头是羊一辈子生活的姿态

13

细瞅。迎春花还在开
憋着多少心事
凋谢之容。竟留下自虐的瘀紫

14

打结、绾扣、系疙瘩

把心拴死
自己邀请自己喝一杯

15

针。藏在舌头上
一不小心,就会伤着谁
只好说半句,咽下半句

16

谁将落叶焚烧
那位患癔症的在黑暗处
点燃自己。烟高过天

17

给你写一首歌。花如音符
你是露珠,也是飞鸟
一不小心。使春天沦陷

18

往事拉到眼前
还没等说些什么
侧耳倾听回音

19

一朵云赶着风追另一朵云
高楼挡住目光。想知道
结局,被推向身后

20

风,让雪花落下来陪着我
此时
如果有一壶老酒多好

21

我的赞歌给了鸟儿

那么婉转
鸟听不懂,自顾飞去

22

老房子最后的病与母亲一样
天气一变,身子骨
说不上哪儿就疼了起来

23

顺手牵羊的事
随意而起,防不胜防
羊没错。错在于手

24

木已成舟。凿痕累累
请不要为痛苦辩护
存在总是不胜唏嘘

25

遗忘回到从前的城市
飞起来,一个人看见
记忆里的白色精灵

26

酒。那么居心叵测
一天下来,总有几个
不知深浅的人醉不醒事

27

表白的表情
谁也表达不明。表针
走着。一切在表演

28

如鱼上岸。等着

被水再次拥抱
柔情处,听到风在走动

29

看见一朵花,摇曳
开在一个人的肩头
渐渐有了不为人知的心事

30

一管血。检出结果
箭头射得参考值颤抖。幸好
没遭遇自己的四面楚歌

31

咎,非由自取
取来又有何用
五体投地后,既往不咎

32

一股旋风,将蚂蚁吹走
来不及收拾心情,是寻找故地
还是随遇而安。雨砸伤了身子

33

夜不能寐,彼此没有相遇
也没有屈打成招
自己却说出了真相

34

眼角皱纹。被生活
冲刷成一条河床。日子里
晾着泪水流过后的盐白

35

一些人,逃出了我的记忆

且无影无踪。而有一些人常常走进思念

逼着我，知道自己还活着

36

捕风捉影

寻找记忆

那年的春光是你泄露的

37

生活漏下孤独的风

把梦分给春天

让她们见证次第之美

38

春风把草

吹得焕然一新，与你一样

手掌有绿色闪烁

39

每个人都身处江湖
一部分在江上,一部分在湖上
出水后就是两腿泥

40

在春天的当铺里
谁看到自己把越来越瘦的心思
当了出去

41

雪醒了,是雨水
雨水醒了,是暖暖的风
风醒了,是自己

42

其实风吹过后

什么也没有，只是南山上的
空亭子装满了愁云

43

秋风裹紧了身子
雪还没落，几个词竟然
从手里掉到一张白纸上

44

心口掉进一截惆怅
请向我靠近
风在头顶行走

45

黑暗中的黑暗
你死我活
夜色埋葬一道蓝光

46

自己醉归何处
太阳之下、月亮之上
躺一朵花里。花香芬芳

47

黑夜的眼睛,盯着
一颗心。闪烁
晚上好,美丽的深处

48

见到蚂蚁,长出翅膀
在夏天。带着影子飞
谁的心不是一悸一悸的

49

向月神祭献

清水濯盘
如洗一颗敬畏的心

50

屋子里的暖气夏天一般
一只瓢虫确实死在窗台上
比深秋的回忆更深

51

女儿从长春一所大学回家
箱包里抖出，一地叹息
饭桌上溅起噼啪的火星子

52

飞不高的笨鸟，废铁一块
翅膀只能擦着屋檐
用疼痛碰着疼痛

53

蜗牛不是牛
耳边风刮得很大
枕头也不是头

54

跟着风儿去了
谁在为羊念着悼词
听到黑暗中花的抽泣

55

鸟儿飞过
思念就一点点逼近黄昏
温柔烛光,烛光温柔

56

云擦亮月牙时

一种无以言说的痛
刺伤了那朵潜伏的花

57

绽放汹涌
来不及说出一个人的幸福
下午呼吸。真有点香

58

铁栅栏的门。锁不住风
影子躺在这里。装死
旁边的一只狗无声凝视这些

59

立秋的风
使蚂蚁回到巢穴
开始地下生活

60

丢了的睡眠
在明晃晃的夜里怎么也找不着
答应一声可否

61

一棵老树死了。无声
死得很纯粹
而看树的人却痛苦地活着

62

扑面而来的热情
像天上的云
恣意。与唇边的风一样

63

孩子长大后不听话

骑马不拉缰绳

生活里,还带着铁砂

64

天空真的不再空了

鸟鸣叫醒了耳朵

放眼望去,心胸很是辽阔

65

饱满的种子

等待来年发芽。一只鸡

啄了去

66

太阳有些感冒

灰塌塌着脸

这都是要承受的

67

大雁仄头飞回江南
风开始折腾北方
雪。偷袭自己的诗句

68

清晨,相遇
冷,吊在空中
不由得打一个寒噤

69

这样明媚的日子
要宽容欲望
秋天正脱去自己的霓裳

70

一院子,姹紫嫣红

只因为一个人的死
全都闪电般地被践踏了

71

日子里一点一点攒下祝福
被风雨洗干净之后
想等一个合适的时候给你

72

字，是被泪水浸过的
一经写出
便湿透了纸背

73

一阵风吹过。原上草
绿抑或黄，都是那么辽远
自己的痛苦与快乐卑微如尘

74

目光停在窗幔上
心湖里两只戏水的鸟
一阵微风后,萌生出一些念头

75

等着看日出。等来一场雨
是一种意外
叫自己学会心平气和

76

雪下得很认真。风刮得
却有些潦草
让彼此不知道该做些什么

77

耳朵深似井

掉进去的话,是打捞
还是不打捞

78

于我,也是如此
心情陷入一张纸上
过往的好,谁还记得

79

背后吹来一股风
凉飕飕的如蛇
一片药里躲着咳嗽

80

时间停在坏了的表里
嘀嗒丢在了半空
昼夜不分。光阴荏苒

81

面对留下的空白，做
一个表里如一的人
时间的表现。需要铭记

82

走着。走着
通途在眼前消失了
剩下绝路

83

心中的一张网
兜不住暗处的风
更兜不住星星和月亮

84

随风而来的雨

恰到好处
停歇在一朵想开的花上

85

做一只蛊。浑身是毒
在黑夜里安静
让诽谤者张口即亡

86

清晨。别人都在奔跑
而我弯腰拾起梦
端坐在花里。好芳香

87

听大伙都在唱。歌声悠扬
我只会一句歌词，每到此处
动情高亢，像是要给谁听似的

88

那盆迎春花还是一如既往地开
只是绿肥红瘦
该修剪啦,这心思花不知道

89

不回头的是风
越走越远
经过心口时却有些犹豫

90

天蓝得没有云朵
这种空寂
与昨天一模一样

91

天气真好。连一丝风都没有

轻烟袅袅而悠闲。下午
我站在窗前,向外看了很久

92

时间之慢,时间之快
你从清水河桥上走下台阶
用了一个下午里的一瞬间

93

说说该说的
说说不该说的
似乎,与自己无关

94

这两天的雪,没走多远
一股风,就折回来
总是叫人有些措手不及

95

想跟你,再聊几句
不会在意吧
谁的身体里没有灰尘

96

不说,不等于不会说
不会说,最好是不说
说不好的结果,这很要命

写于2014年1月1日—2017年7月31日

冰燃烧

那 些

那些星空眼眸
那些雨疏霜冷
那些婆娑孤影
那些烛光情深

那些往事涟漪
那些缠绵红尘
那些舟行花开
那些心想事成

那些那些那些
那些那些那些
那些岁月流水
那些人间暖风

那些那些那些
那些那些那些
那些天地同福

那些快乐一生

那些……

写于2013年8月25日

可心女孩

双眸似烛穿透爱的情怀
时光里却燃烧着无奈
夜晚琴弦切切如私语
叙述着细雨缠绵之外
可心女孩
在寂寞中等待

泪水疲倦表达曾经徘徊
怅惘中活出怎样精彩
打开心田装满了明月
从此季节里暗淡不再
可心女孩
不要默默离开

写于2013年9月14日

匆匆脚步走过了爱

时光滑过思念之水
浅浅啼痕 勾起闲愁几杯
让心轻轻疼过以后
却为幸福感觉而醉

你我邂逅如意惬怀
甜甜相拥 抚慰别离憔悴
让情慢慢升华以后
却被浪漫香风吹

叹春绽放快乐
叹秋抒写伤悲
苦乐人生里
多想葱茏一次
只要匆匆脚步走过了爱
就无怨无悔

写于2013年9月29日

种下春天

草原上刮起的风碰疼了草原
一群灰蒙羊儿躲进了圈
儿子背起行囊装走那声怨
阿妈倚门而望风沙打红脸

草原上刮起的风碰疼了草原
一方水土养育着人的留恋
儿子卸下风尘带回一片月
阿爸饮酒而叹激动难入眠

种下春天青草绿满坡花儿竞开妍
种下春天微风送清爽鸟儿叫缠绵
种下春天阳光点燃天空
种下春天汗水绽放心愿

写于2013年10月23日

走 草 原

走草原

一声声悠扬的歌啊

拨动心弦

走草原

一杯杯醇厚的酒啊

策马扬鞭

草原的羊群

草原的大雁

草原的牧人

草原的炊烟

写不尽这抒怀的诗情

描不完这写意的画卷

走草原

草枯草荣草世界

走草原

春去春来春无限

走草原

心中总有一份深深的眷恋

走草原

打开情怀祝福人近月儿圆

写于2014年8月18日

一起看星星

来到这辽阔的坝上草原

安放好心情　一起看星星

星星是歌谣里的梦

星星是一颗挨着一颗的心

星星是风吹亮的灯

星星是燃烧的流萤　是幸福的眼睛

慢下脚步　安放好心情

仰起头一起　一起看星星

这里有翠绿翠绿的草原

这里能释放美好的心情

这里有湛蓝湛蓝的天空

这里有最亮最亮的星

多想摘一颗

送给远方的亲人

你也拥有

我也拥有

充满温馨　充满温馨

写于2014年10月19日

草原天路

沟壑纵横　山峦起伏
走近这连绵蜿蜒的路　草原的路
闻到了云的味道
听见了风的招呼
停下脚步　放眼眺望
大风车　红瓦房　青山绿树
草原天路　高原的路
离蓝天很近
心情向绽放的花儿倾诉

鸟鸣婉转　蝶舞翩飞
走近这连绵蜿蜒的路　草原的路
声音穿透了翅膀
手指染满了阳光
停下脚步　放眼眺望
马莲花　狼针草　山鹰野兔
草原天路　高原的路
离土地很近

拽几缕炊烟抹去额头的汗珠

徜徉草原天路　流连忘返
人在乐途　一路乐途

写于2014年10月20日

倾听风雨

塞北瑟瑟寒风
抚慰受伤的羽翎
疼痛之后　放飞喉咙
做一只小小的黄莺
歌唱给辽阔的草原
歌唱给草原的绿荫
用眼泪一滴一滴
洗亮属于自己的天空
星闪月儿明

江南绵绵细雨
滋润缱绻的心灵
温暖之后　打开花瓣
做一朵小小的木槿
绽放给美丽的山峦
绽放给山峦的清新
用阳光一缕一缕
编织属于自己的花园

蝶舞鸟儿鸣

风雨兼程走一路艰辛
风雨兼程掬一捧温馨
倾听风雨
倾听生命对生命的崇敬
倾听风雨
倾听感恩对感恩的心音

写于2015年1月26日

拥 挤

拥挤的站台
拥挤的无奈
拥挤着一声由衷的感慨
拥挤的生活里
急急切切的心情
能不能慢下来

你急我急他也急
你挤我挤他也挤
急来急去心里急
挤来挤去心中挤

拥挤的站台
拥挤的无奈
拥挤着一声由衷的感慨
拥挤的生活里
匆匆忙忙的脚步
能不能慢下来

看一看那车窗之外

云朵开得自由自在

看一看那车窗之外

云朵走得自由自在

写于2015年2月25日

走进草原天路

草原天路　哎　路在高原
我深情地呼唤白云蓝天
风儿打开情怀　打开了情怀
吹去那都市里浮华尘烟

草原天路　哎　路在高原
我深情地呼唤绿草清泉
花儿绽放思绪　绽放了思绪
抹去那都市里喧嚣哀怨

人人心中装满了风景
走进草原天路融入这亲亲的大自然
天地之间　美好祝愿
卸下风雨　留下温暖

写于2015年7月2日

草原天路美

草原天路美
清新的风儿吹
山路弯弯　弯弯哟
草绿花芳菲
人在画里走
画同心相随
一川秀色唱不尽
一路风光人陶醉

草原天路美
洁白的云儿飞
山路弯弯　弯弯哟
月圆人依偎
人在画里走
画同心相随
一川秀色唱不尽
一路风光人陶醉

一川秀色唱不尽
一路风光人陶醉

写于2015年7月3日

一起来打马去远方

远方　故乡
那里有我的悲伤
远方的悲伤
在一滴泪中珍藏

远方　故乡
那里有我的希望
远方的希望
在一朵花里开放

打开心房　阳光给我力量
放飞梦想　爱情让我坚强
心中选择了方向
风雨就不可阻挡
一起来打马去远方
一起来打马去远方

写于2015年7月23日

温　暖

踏雪而来

扛着一肩凛凛寒冷

踏雪而来

抖落一身仆仆风尘

走进　走进

心头常常牵挂的父老乡亲中

手拉着手

一声声亲切的问候

心贴着心

一句句深情的叮咛

那"开口笑"的味道

是老百姓年的味道

那油炸糕的生活

是老百姓年的生活

温暖　温暖似春风

催开梦中的花朵

温暖　温暖似春风

绽放出五彩缤纷

声声温暖

温暖深深

温暖着每一个人

祝福伟大的祖国繁荣昌盛

写于2017年1月25日

冰 燃 烧

奥林匹克风
吹动五环旗飘扬

冰燃烧　火焰指引方向
去追求　更快更高更强
冰燃烧　光芒照耀远方
去追求　更快更高更强

高山穿上雪花的盛装
白云蓝天上徜徉
大树挂满冰心的勋章
明星将夜空点亮

冰在燃烧　一起飞翔
雪花是快乐音符　快乐中歌唱
冰在燃烧　一起飞翔
雪花是幸福花朵　幸福里开放

冰燃烧　火焰指引方向

冰雪世界里放飞梦想

冰燃烧　光芒照耀远方

冰雪世界里放飞梦想

写于2017年4月23日

有一条草原天路,有一片绿色草海

这里没有钱塘江的潮
这里没有黄鹤楼的景
这里有一条草原天路
这里有一片绿色草海
草原天路
山连山　路连路
山路天上来

这里没有九寨沟的水
这里没有武夷山的峰
这里有一条草原天路
这里有一片绿色草海
绿色草海
绿连绿　草连草
绿草入情怀

草原天路长空高远　雁叫云天外
绿色草海大地辽阔　风吹山花开

写于2017年4月28日

给你一首歌

给你一首歌
唱你我的相濡以沫
岁月中　有风，也有雨
风雨牵手走过
给你一首歌
唱你我的相濡以沫
日子里　有苦，也有乐
苦乐伴随生活

给你一首歌
唱你我的相濡以沫
一句话语　一生来承诺
一片温情　一世去寄托
你我是浩瀚夜空上星儿一颗
你我是广袤大地间花儿一朵
不要海枯石烂的见证
做天长地久普通你我

不要海枯石烂的见证

做天长地久普普通通的你和我

写于2017年6月11日

跋

这件事过去有些时日啦，但每每想起，总有一种撞击心胸的激动。按说自己也已是知天命的人了，还这般禁不住事，只是柔软之处经不得一点痉挛般的触摸，足见骨子里的真性情。

那天，与县委郝富国书记见面实属偶然。他刚从宣化县县委书记调任张北县县委书记，大约三四个月的样子，恰逢几位县领导陪同几位客人，我有幸应邀参加。

当郝书记知道我姓柴时，便问："老柴，你和柴立政、柴立波是什么关系？"我瞬间一愣怔，很快回答道："我就是柴立政，柴立波是我大哥。""噢！《羊的悼念》就是你写的。"郝书记说。我又是一愣怔，下意识地点了点头。"你这个诗人很普通的嘛，我以为你应该是留着长发和大胡子的。"郝书记幽默地说。在座的听了都善意地笑了。我有些窘。坐在我身旁的县委常委、常务副县长刘建平说："老柴是从县残联理事长离岗的。"我看着刘县长，冲着郝书记肯定地点点头。因为两年前，我离岗时，刘县长时任县委常委、组织部长，找我谈过话。"老柴，你的诗我读了，诗写得挺灵动的，看似语言在运行，实则是心灵的活动。这就是有什么样的生活就有什么样的诗，具体到一个人，就是所谓的文如其人吧。"此时的我，正洗耳恭听。郝书记接着说："你的诗集我有两本，一本是徐县长给的。"只见对面坐的徐元斌副县长点了点头。"另一本是小许给的。"许建峰主任也颔首示意。"老柴，你写的乡长老胡是谁呀？"郝书记边说边问。"是胡学通。"我答。"就是现在的扶贫办主任。"刘县长和徐县长异口同声地补充道。"老柴，你看，我可真读了你的诗。"郝书记再一次强调读了我的诗。瞬间，我心头有一股热流涌动激荡。这会儿的我，被一种来自内心的真诚所感动。在这个连时间都不知道去哪儿，又浮光掠影的当下，一个县委书记能够抽出时间，且静心地去阅读一个离岗之人的情感世界，阅读者要有多么大的定力与修养。

　　我是在一个多月前以先进文艺工作者的身份，被特邀参加全县宣传工作会议的。当时我坐在会议室的第三排，第一次近距离聆听新任县委书记的讲话。那次会议亮点不少，最精彩之处是郝书记脱稿讲的当前大形势下的大宣传，大舆情，尽显一个老宣传部长的学识与口才。与会的人，大都与我一样感触颇深。此外，就是钦佩这位新书记的记性真好。"当下诗的生存环境很尴尬，当然这有其自身圈子的因素，也有社会太过浮躁的因素。"郝书记看着我有感而发，"过去的诗人是精神之魂，这会儿写诗的却成了精神另类，有失公允，不过你们是属于给社会留下痕迹的人。"趁着别人有事出去的空儿，我被郝书记叫到跟前坐下。郝书记说："诗充满了对生命与社会的思索和追问，诗人把话说出来时，必须从容而有力，同时必须有所担当。不过这种担当对谁都有，看你怎么去理解。我正在补课，补元朝历史的课，准备拜见一下发现咱县元中都遗址的第一人尹自先先生。要不没法对话呀。这叫读书认识了真理，与人交往认识了世界。"听着郝书记的打算，我非常相信他一年读二十本书不是诳语，也见识了他当年县高考状元的功底，真不是徒有虚名。他为了从另一种角度寻找一个县的发展方向，并不怕自己的工作不为人知。如果没有相当的担当，是很难想象的。郝书记诗里诗外说了很多，有些话真是沁人肺腑。

与郝书记道别，从县委、县政府大院出来，天已暗了下来。仰望湛蓝的星空，心情从来没有过地畅快，以至于有一种驾风欲飞的陶醉。记得一个诗人说过，一个写诗的人，在乎的应该是自己能否写出一首好诗，诗外的很多热闹与写作并无多大关系。事件也好，行为也罢，再怎么演变都不能变成自己的作品。我赞成这样的观点，我也赞成一个人与另一个人以诗为话题的所言所语，因为这些言语在去伪存真后，留下的东西是可以启迪心灵、淘洗心灵的，这样离一首好诗的距离，可能也会近一点。因为这种漫谈比读一本寡淡的书有意义，使我感悟出很多东西，也使自己手中的笔在抒写时，更贴近这一方土地，更贴近这一方土地上的百姓，把他们生活中的大艰辛和小幸福，尽可能贴近现实地描绘于纸上。正如江一郎先生所说，我活在低处就要在低处说话，写身边那些卑微的人与事。那就是把自己的诗歌写得朴素一些，温暖一些，读者在见到我的作品时，认可这些东西是真实的，是人话。接下来的日子里，我自然还会继续写诗，我只是希望自己能够继续沉静，在一个小地方写自己想写的东西。

记述这些，无他意，只是很感慨，一个县委书记对文化工作的重视。也想给有缘读到这些文字的人在茶余饭后的闲谈中增添些许雅趣。